L'anglais, c'est facile avec
Gulliver

d'après le roman de **Jonathan Swift**

Gulliver's travels
A Voyage to Lilliput

Adaptation de Aurore Mennella et Virginie Trémeaux
Illustrations de Lucie Brunellière

POCKET

SOMMAIRE

Cette collection a été conçue dans le respect des instructions et recommandations du ministère de l'Éducation nationale pour l'enseignement des langues étrangères

Langues pour tous
Collection dirigée par Jean-Pierre Berman,
Michel Marcheteau et Michel Savio

ISBN 978-2-266-17868-6

La collection L'anglais, c'est facile

- Une **histoire en version originale** adaptée au niveau des enfants, à lire en classe ou avec les parents.
Cette histoire très courte a été choisie et adaptée pour les enfants francophones débutants en anglais. Elle est suivie d'un petit vocabulaire bilingue dans lequel tous les mots du texte sont traduits en français.

- Un **album illustré** pour soutenir la compréhension.
Les illustrations de *Gulliver*, spécialement conçues pour aider les enfants à comprendre le texte anglais, rendent les ouvrages attirants pour les petits et les grands !

- Un **enregistrement sonore** (disponible sur www.bonus.languespourtous.fr) pour se familiariser avec la prononciation de l'anglais.
L'histoire est intégralement enregistrée par des comédiens britanniques ; elle est également lue phrase après phrase en laissant des blancs pour la répétition.
L'enregistrement propose ainsi un entraînement à la compréhension de l'oral et à la prononciation.

Pour aller plus loin

- Quelques points de **grammaire**

- Des **exercices** en fin d'ouvrage.
Les exercices proposés pourront être faits en classe ou à la maison. Ils permettent de fixer la compréhension de l'histoire, de faciliter la mémorisation de mots et de structures et de prolonger le plaisir de l'anglais !

Conseils d'utilisation

- **1re étape** : l'enfant écoute l'enregistrement ou le texte lu par un adulte, texte caché, en regardant les illustrations. Nous vous conseillons de ne pas écouter plus de trois pages de texte à la fois.
  Le vocabulaire sera expliqué grâce aux illustrations et/ou au petit vocabulaire bilingue et la compréhension vérifiée à l'aide des exercices en fin d'ouvrage.
- **2e étape** : l'enfant réécoute l'histoire avec le texte sous les yeux afin de faire le lien entre le son et la forme écrite.
- **3e étape** : grâce aux blancs ménagés à cet effet dans l'enregistrement, l'enfant s'entraîne à répéter des phrases en anglais.

Présentation

Gulliver's travels est un roman anglais écrit en 1721 par Jonathan Swift.
Ce roman est composé de quatre parties qui racontent quatre voyages de Gulliver : le premier à Lilliput, île peuplée de minuscules hommes, le deuxième au Brobdingnag, dont les habitants sont des géants, le troisième sur l'île volante de Laputa où les hommes réfléchissent un peu trop, et le quatrième au pays de Houyhnhnms, où vivent les Houyhnhnms, des chevaux beaux et intelligents et les Yahoos, des animaux répugnants par leur aspect et leur comportement.
L'histoire du voyage de Gulliver à Lilliput a eu un tel succès dans le monde qu'aujourd'hui encore, pour dire que quelqu'un est minuscule, on peut dire qu'il est « **lilliputien** » !

The place

Lilliput is an island.
It is in the middle of the ocean.

The characters

Gulliver is English.
He is a doctor.
He likes travelling by boat
all over the world.

The Lilliputians are the inhabitants of Lilliput. They are very very small : only six inches tall ! They are very nice and clever.

Golbasto is the Emperor of Lilliput. He lives with his wife in a big castle.

Si tu veux faire tout de suite les exercices correspondant à ce chapitre, va à la page 20.

The shipwreck

Gulliver travels on a ship.
But there is a big storm.
Gulliver must leave the ship.

He swims and swims…
He reaches land !
He is very tired and falls asleep.

Si tu veux faire tout de suite
les exercices correspondant
à ce chapitre, va à la page 20.

The first meeting

Gulliver opens his eyes.
He can't move.
He is tied up from head to toe.

Many people are around Gulliver.
They are very small.

Gulliver is very hungry.
He wants to eat !
The Lilliputians bring some chickens,
some vegetables, some bread
and some fruit !
Gulliver eats everything.

Gulliver is very thirsty.
He wants to drink!
The Lilliputians bring some water,
some milk and some wine.
Gulliver drinks everything.

Si tu veux faire tout de suite
les exercices correspondant
à ce chapitre, va à la page 21.

Life in Lilliput

After a few days, Gulliver meets Golbasto, the Emperor of Lilliput. The Emperor likes Gulliver. They become friends.

The Emperor and his wife
invite Gulliver to a show.

There are acrobats !
They wear clothes
of different colours :
orange, green,
yellow, red, blue…

Si tu veux faire tout de suite
les exercices correspondant
à ce chapitre, va à la page 23.

A strong ally

Golbasto says to Gulliver:
« You are very tall. Help me !
My enemy, the Emperor of Blefuscu,
wants to attack Lilliput. »

Gulliver goes to Blefuscu.
He steals all the boats.
Gulliver saves Lilliput.

Si tu veux faire tout de suite
les exercices correspondant
à ce chapitre, va à la page 23.

Gulliver wants to go home.
He needs a boat. The Lilliputians
help Gulliver to build a new boat.

« Goodbye, my friends, says Gulliver.
– See you soon ! », say the Lilliputians.

Si tu veux faire tout de suite les exercices correspondant à ce chapitre, va à la page 24.

Si tu veux aller plus loin, voici quelques exercices :

Récapitulons **1** *The place - the characters*

Let's recap 1

pages **5-7**

1 Match the characters and the sentences

Relie les personnages et les phrases

They live on the Island of Lilliput.

He lives in a big castle.

He likes travelling by boat.

Récapitulons **2** *The shipwreck*

Let's recap 2

pages **8-9**

1 Listen to the following words. What do you notice about the i letter?

Écoute les mots suivants.
Que remarques-tu à propos de la lettre i ?

tired big

Let's recap

pages 10-13

1 Match the words and the corresponding parts of the body

Relie les mots et les parties du corps correspondantes

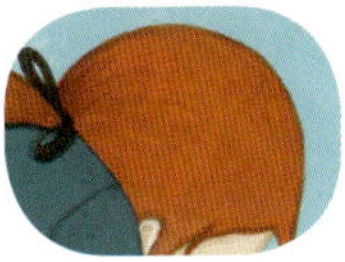

eye

head

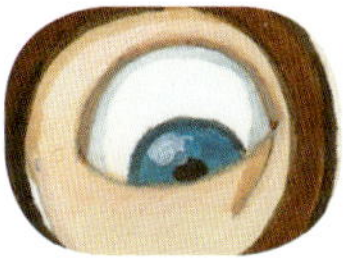

2 Circle what you can eat

Entoure ce qu'on peut manger

bread chicken boat island

3 Circle what you can drink

Entoure ce qu'on peut boire

eye water head milk

4 Find the missing word

Trouve le mot qui manque

Gulliver is hungry, he wants to ....

Gulliver is thirsty, he wants to ....

5 Listen to the example and ask your friend

Écoute l'exemple et demande à ton ami

<u>Ex</u> : **Do you like milk ?**
No, I don't like milk.

Aimes-tu le lait ? Non, je n'aime pas le lait.

Do you like bread ? Yes, I like bread.

Aimes-tu le pain ? Oui, j'aime le pain.

6 Complete this crossword puzzle

Complète ces mots croisés

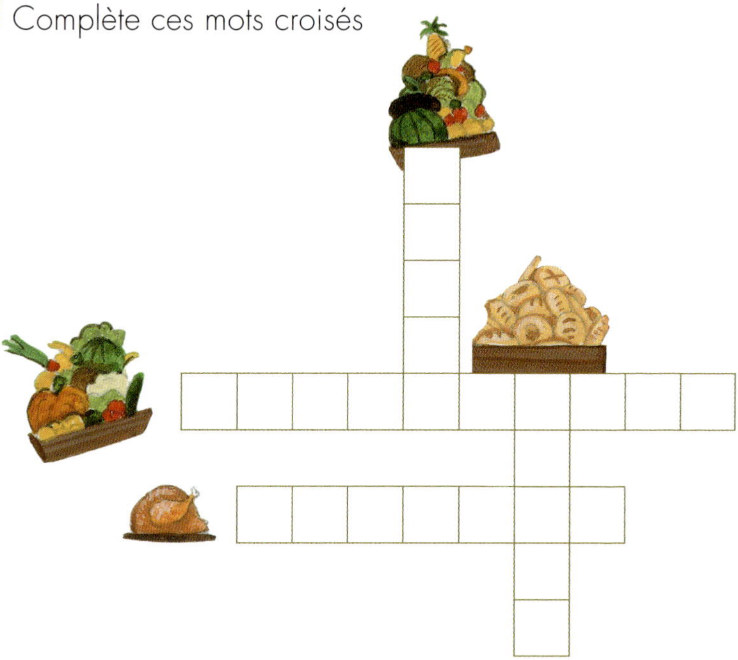

Récapitulons

Let's recap 4

Life in Lilliput

pages 14-15

1 Fill in the circles with the right colour

Colorie les ronds de la bonne couleur

○ orange ○ green ○ yellow

○ red ○ blue

2 Circle the words that you hear

Entoure les mots que tu entends

1	acrobats	show	colours
2	meets	likes	friends

Récapitulons

Let's recap 5

A strong ally

pages 16-17

1 Match the words with their opposite

Relie les mots et leurs contraires

ally	small
tall	enemy

Récapitulons **6** Bye bye Lilliput

Let's recap 6

pages 18-19

1 Right or wrong
Vrai ou faux

	right	wrong
Gulliver wants to go home.	☐	☐
Gulliver needs a plane.	☐	☐
Hello, my friends, says Gulliver.	☐	☐

2 What are they doing?
Que font-ils ?

Gulliver and the Lilliputians

....

a new ....

Un peu de grammaire

Conjugaison de be

I am : je suis
You are : tu es
He is : il est
She is : elle est
It is : il est, elle est, c'est
(pour tout ce qui n'est pas humain)

We are : nous sommes
You are : vous êtes
They are : ils sont, elles sont

Pluriel

a boat : ***boats***
En anglais, la marque du pluriel régulier est un « s ».

a new boat : un nouveau bateau
new boats : de nouveaux bateaux
En anglais, les adjectifs ne prennent pas de « s » au pluriel.

Compter de 1 à 9

one : un
two : deux
three : trois
four : quatre
five : cinq
six : six
seven : sept
eight : huit
nine : neuf

Un peu de civilisation

The Lilliputians are six inches tall :
les Lilliputiens mesurent quinze centimètres de haut.

Les Anglais ne mesurent pas les distances en mètres et en centimètres, mais en « inches » (pouces) et en « feet » (pieds).

Petit vocabulaire bilingue

A ou **an** : un, une
about : à propos de
acrobat : acrobate
after : après
all : tout, tous
▸ ***all over*** : *tout autour*
▸ ***all the*** : *tous les*
ally : allié
and : et
are : *voir p. 27*
asleep : endormi
▸ ***he falls asleep*** : *il s'endort*
ask : demander
around : autour
attack : attaquer

Become : devenir
big : gros, grand
blue : bleu
boat : bateau
body : corps
bread : pain
bring : apporter
build : construire
but : mais
by : par, en
▸ ***by boat*** : *en bateau*
bye bye : au revoir

Can : pouvoir
▸ ***he can't move*** : *il ne peut pas bouger*
castle : château
character : personnage
chicken : poulet
circle : cercle, rond ; entourer
clever : intelligent
cloth(es) : vêtement(s)
colour : couleur
complete : compléter
corresponding : correspondant(e)
crossword puzzle : mots croisés

Day : jour
different : différent(e)
doctor : docteur, médecin
do : faire, auxiliaire
▸ ***do you like ?*** : *aimes-tu ?*
▸ ***what are they doing ?*** : *que font-ils ?*
drink : boire

Eat : manger
emperor : empereur
English : anglais

enemy : ennemi
everything : tout
▸ ***Gulliver eats everything*** : *Gulliver mange tout*
example : exemple
eye : œil

Fall : tomber
▸ ***he falls asleep*** : *il s'endort*
a few : quelques
▸ ***after a few days*** : *après quelques jours*
fill in : remplir
find : trouver
first : premier
following : suivant
fruit : fruits
friend(s) : ami(es)
from : de, depuis
▸ ***from head to toe*** : *des pieds à la tête*

Go : aller
▸ ***Gulliver goes to Blefuscu*** : *Gulliver va à Blefuscu*
goodbye : au revoir
green : vert

He : il
head : tête
hear : entendre
hello : bonjour, salut
help : aider
his : son, sa, ses (possesseur masculin)
home : chez soi, maison
▸ ***to go home*** : *rentrer à la maison, rentrer chez soi*
hungry : affamé

In : dans
▸ ***in the middle of*** : *au milieu de*
inch : pouce (unité de mesure)
▸ ***six inches*** : *six pouces (= 15 centimètres)*
in : dans, à
inhabitant : habitant
invite : inviter
is : *voir p. 27*
island : île
it : ce, c', il, elle (pour tout ce qui n'est pas humain)

Land : terre
leave : quitter, abandonner
letter : lettre
▸ ***the « i » letter*** : *la lettre « i »*
life : vie
like : aimer bien
▸ ***he likes travelling*** : *il aime bien voyager*

Lilliputians : Lilliputiens (habitants de Lilliput)
listen (to) : écouter (qqch)

Many : beaucoup
match : relier
me : moi
▸ ***help me*** ! : *aide-moi !*
meet : rencontrer
meeting : rencontre
milk : lait
missing : manquant, qui manque
move : bouger
must : devoir
▸ ***Gulliver must leave the boat*** : *Gulliver doit quitter le bateau*
my : mon, ma, mes

Name : nom
need : avoir besoin
▸ ***he needs a boat*** : *il a besoin d'un bateau*
new : nouveau
nice : gentil
notice : remarquer
▸ ***what do you notice ?*** : *que remarques-tu ?*

Ocean : océan
of : de
on : sur
only : seulement
open : ouvrir
opposite : contraire
orange : orange
over : autour
▸ ***all over*** : *tout autour*

Part : partie
people : gens
place : lieu
plane : avion

Reach : atteindre
▸ ***he reaches land*** : *il atteint la terre*
recap : récapituler
▸ ***let's recap*** ! : *récapitulons !*
red : rouge
right : bon(ne), correct(e), vrai(e)

Save : sauver
say : dire
see : voir
▸ ***see you soon*** ! : *à bientôt !*
ship : navire, bateau
shipwreck : naufrage
show : spectacle
six : six
small : petit

some : du, de la, des
soon : bientôt
▸ ***see you soon*** : *à bientôt*
steal : voler
▸ ***he steals all the boats*** : *il vole tous les bateaux*
storm : orage, tempête
strong : fort, puissant
swim : nager

Tall : grand
▸ ***only six inches tall*** : *seulement six pouces de haut*
the : le, la, les
there is : il y a (+ singulier)
there are : il y a (+ pluriel)
they : ils, elles
their : leur(s)
this : ce, cet, cette
thirsty : assoiffé
tied up : ligoté
tired : fatigué
to : à, vers
▸ ***from head to toe*** : *des pieds à la tête*
toe : orteil
travel : voyage, voyager
▸ ***he likes travelling*** : *il aime voyager*

Vegetable : légume
very : très
voyage : voyage

Want : vouloir
▸ ***he wants to eat*** : *il veut manger*
water : eau
wear : porter (des vêtements)
▸ ***they wear clothes of different colours*** : *ils portent des vêtements très colorés*
what : que, ce que
wife : femme, épouse
wine : vin
with : avec
word : mot
world : monde
wrong : faux, fausse

Yellow : jaune
you : tu, toi, vous
your : ton, ta, votre, vos

Corrigés

Let's recap 1

1 Match the characters and the sentences

Gulliver ▸ He likes travelling by boat.
Lilliputians ▸ They live on the Island of Lilliput.
Golbasto ▸ He lives in a big castle.

Let's recap 2

1 About the i letter

En anglais, la letter **i** peut se prononcer **i**, comme en français (**big**) ou bien **aï** (**tired**).

Let's recap 3

1 Match the word

eye ▸ œil
head ▸ tête

2 Circle what you can eat

bread, chicken, boat, island

3 Circle what you can drink

eye, water, head, milk

4 Find the missing word

▸ eat
▸ drink

6 Crossword puzzle

Let's recap 4

1 Fill in the circle with the right colour

- orange
- green
- yellow
- red
- blue

2 Words that you hear

1. colours
2. likes

Let's recap 5

1 Match the words with their opposite

tall ▸ small
ally ▸ enemy

Let's recap 6

1 Right or wrong

- ▸ right
- ▸ wrong
- ▸ wrong

2 What are they doing ?

Gulliver and the Lilliputians build a new boat.

Dans la même collection

- L'anglais, c'est facile avec *Jack et le haricot magique*
- L'anglais, c'est facile avec *Tom Pouce*
- L'anglais, c'est facile avec *Peter Pan*
- L'anglais, c'est facile avec *Gulliver*
- L'anglais, c'est facile avec *Croc-Blanc*
- L'anglais, c'est facile avec *Alice au pays des merveilles*
- L'anglais, c'est facile avec *Tom Sawyer*
- L'anglais, c'est facile avec *Robin des Bois*
- L'anglais, c'est facile avec *la case de l'oncle Tom*
- L'anglais, c'est facile avec *Robinson Crusoé*
- L'anglais, c'est facile avec *le Roi Arthur*

Également disponibles au catalogue Langues pour Tous

- L'anglais pour les 3-6 ans
- L'anglais pour les 5-8 ans
- 40 leçons junior : pour s'initier à l'anglais avant la 6e

Achevé d'imprimer en France
par Pollina en août 2013 - n° L65804

Dépôt légal : mars 2008